마음의 일

# 마음의 일

재수
×
오은

그림
시집

창비

끼                  익 -

빡

부앙-

저벅

저벅

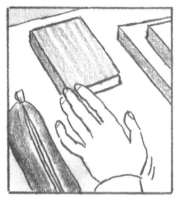

수첩을 펼친다

아직 정리되지 않은
생각들이 수북하다

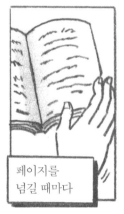

페이지를
넘길 때마다

페이지가 문이
되어 열린다

허약한 단어들을
가지고 들어가지만

단단한 문장을
가지고 나올 것이다

그렇게 할 수 있다는 믿음으로

기꺼이 방황한다

선선히 움직인다

이제 문 속의 문을 찾는다

내 안에 있는
무수한 나를 만나는 시간

어떤 문은
순순히 열리고

어떤 문은
여간해선
열리지 않는다

너무
커다란 문과

너무
작은 문,

반투명한 문,

눈부신 문,

가만히
빨아들이는 문,

눈물을
머금어야
보이는 문,

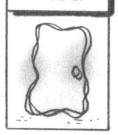

찢어지는 문,

| | | |
|---|---|---|
| 뒤집어 봐야<br>열리는 문,<br> | 겹쳐야<br>열리는 문,<br> | 지워야<br>열리는 문,<br> |
| 조립해야<br>열리는 문,<br> | 한자리에서<br>오래 기다려야<br>나타나는 문,<br> | 박살을 내야<br>생겨나는 문,<br> |
| 나를<br>의심할 때만<br>생기는 문,<br> | 나를<br>사랑할 때만<br>커지는 문,<br> | 소중한 순간을<br>차곡차곡 모아야<br>제 모습을<br>드러내는 문…<br> |

확신할 수
있는 것은 없다

다만
움직일 뿐이다

19

이렇게 방황하는 나의
궤적이 모이고 모여

또 하나의 문이
되지 않을까

나는
문이 되어 가고 있다

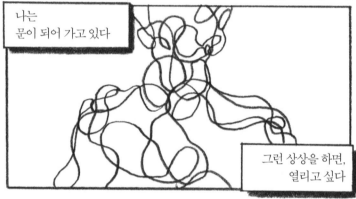

그런 상상을 하면,
열리고 싶다

동시에 내 안으로
꼭꼭 숨고 싶기도 하다

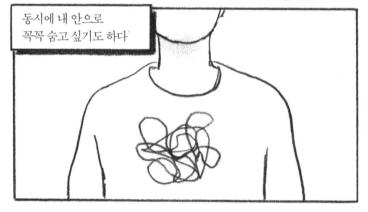

문득

문의 정면과
책의 정면이
닮아 있다

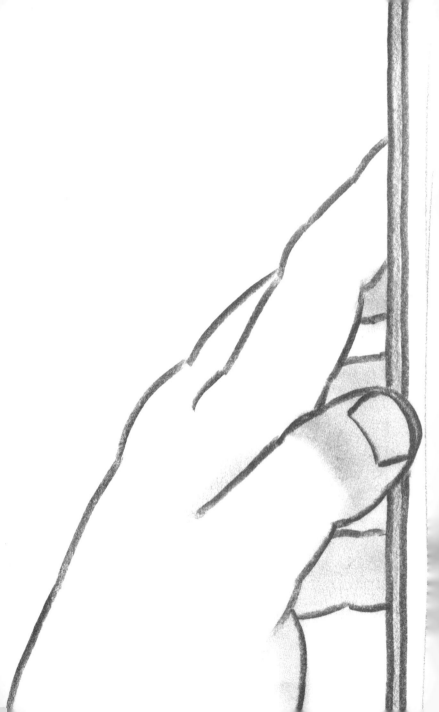

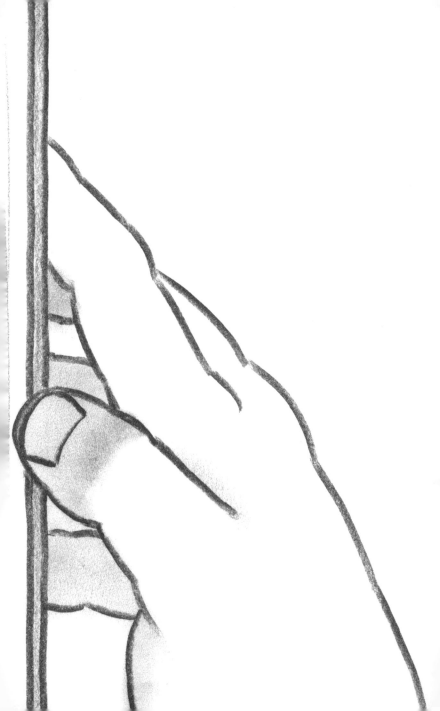

# 차례

●

내일을 아무리 열심히 꿈꾸어도 오늘을 살 수밖에 없던 때가 있었다.

친구를 사귄 날도, 시험을 망친 날도 오늘이었다.

칭찬을 받은 날도, 꾸지람을 들은 날도 오늘이었다.

그리고 어떤 오늘은 무수한 내일을 거쳐도 꼭 어제 같았다.

그런 날에는 아무도 없는 골목길에서 허정허정 뒤로 걸었다.

# 1부

# 딴이
# 우리를
# 꿈꾸게
# 한다고

# 나는 오늘

나는 오늘 토마토
앞으로 걸어도 나
뒤로 걸어도 나
꽉 차 있었다

나는 오늘 나무
햇빛이 내 위로 쏟아졌다
바람에 몸을 맡기고 있었다
위로 옆으로
사방으로 자라고 있었다

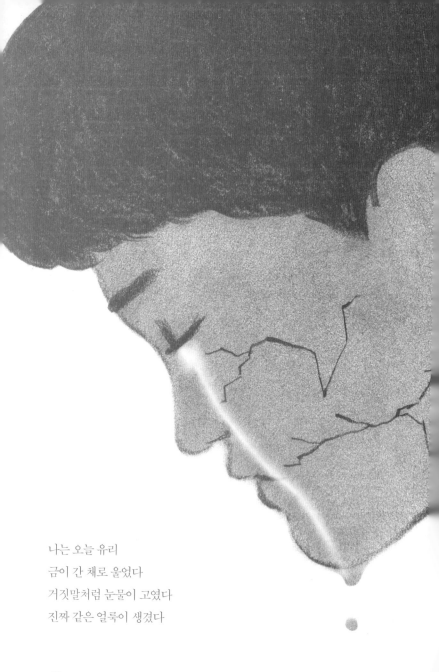

나는 오늘 유리
금이 간 채로 울었다
거짓말처럼 눈물이 고였다
진짜 같은 얼룩이 생겼다

나는 오늘 구름
시시각각 표정을 바꿀 수 있었다
내 기분에 취해 떠다닐 수 있었다

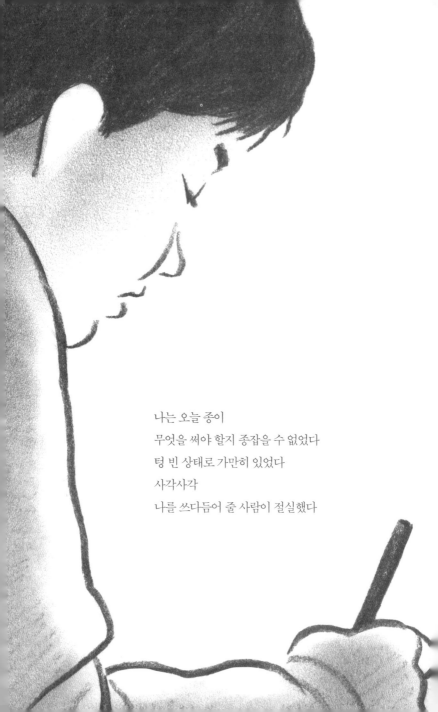

나는 오늘 종이
무엇을 써야 할지 종잡을 수 없었다
텅 빈 상태로 가만히 있었다
사각사각
나를 쓰다듬어 줄 사람이 절실했다

나는 오늘 일요일
내일이 오지 않기를 바랐다

나는 오늘 그림자
내가 나를 끈질기게 따라다녔다
잘못한 일들이 끊임없이 떠올랐다

나는 오늘 공기
네 옆을 맴돌고 있었다
아무도 모르게
너를 살아 있게 해 주고 싶었다

나는 오늘 토마토
네 앞에서 온몸이 그만
붉게 물들고 말았다

**냄비**

지우개 좀 빌려줘
화분 좀 저리 치워 다오
마침 잘 왔다, 어깨 좀 주물러 봐라

사람들은 필요할 때만 나를 찾았어요

내가 무슨 말을 하고 싶은지
내가 무슨 일을 하고 싶은지
내 안에 어떤 것을 담고 싶은지

아무도 묻지 않았어요

공부해
휴대폰은 꺼 놓고
진득하게 앉아서 할 수 없겠니?

사람들은 필요한 대로 나를 움직였어요

그런 날이면
속이 부글부글 끓어요

속마음을 들킨 것처럼
걷잡을 수 없이 뜨거워져요

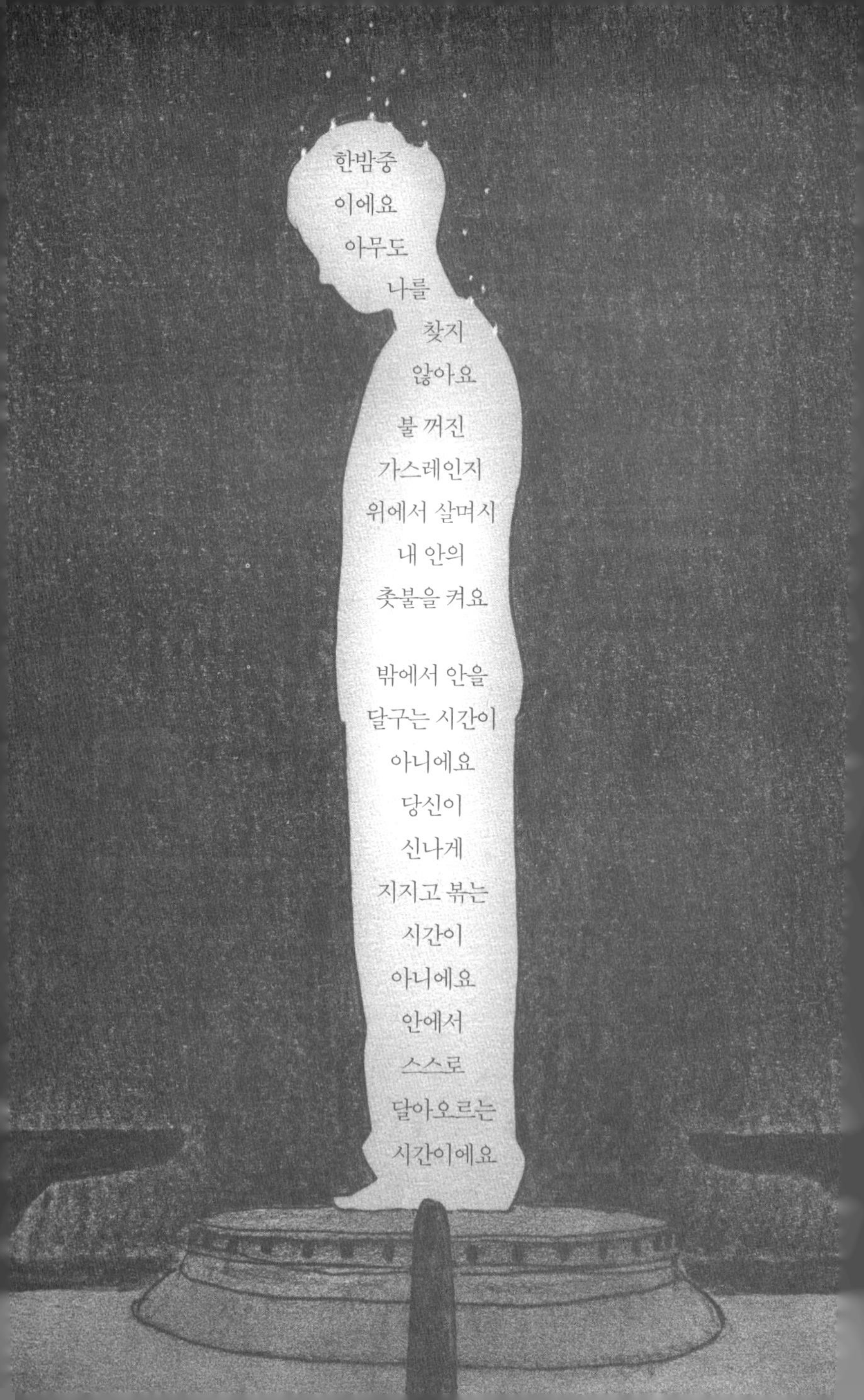

한밤중
이에요
아무도
나를
찾지
않아요
불 꺼진
가스레인지
위에서 살며시
내 안의
촛불을 켜요

밖에서 안을
달구는 시간이
아니에요
당신이
신나게
지지고 볶는
시간이
아니에요
안에서
스스로
달아오르는
시간이에요

나는 무엇이든 담을 수 있어요
담은 것들을 한데 어우러지게 할 수 있어요
나의 온기로, 나의 열기로
마음만 먹으면
어떤 요리든 될 수 있어요

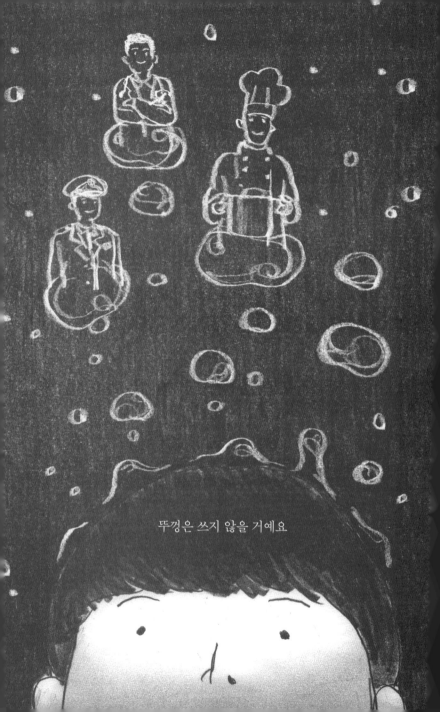

뚜껑은 쓰지 않을 거예요

이번엔
천천히 끓을 거니까요
아주 천천히 식을 거니까요

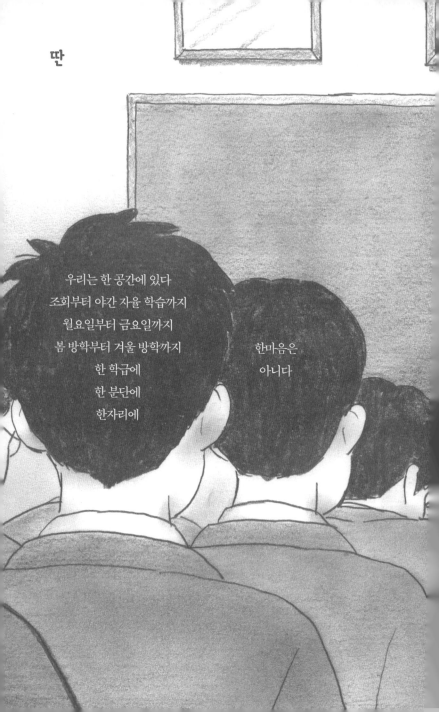

딴

우리는 한 공간에 있다
조회부터 야간 자율 학습까지
월요일부터 금요일까지
봄 방학부터 겨울 방학까지
한 학급에
한 분단에
한자리에

한마음은
아니다

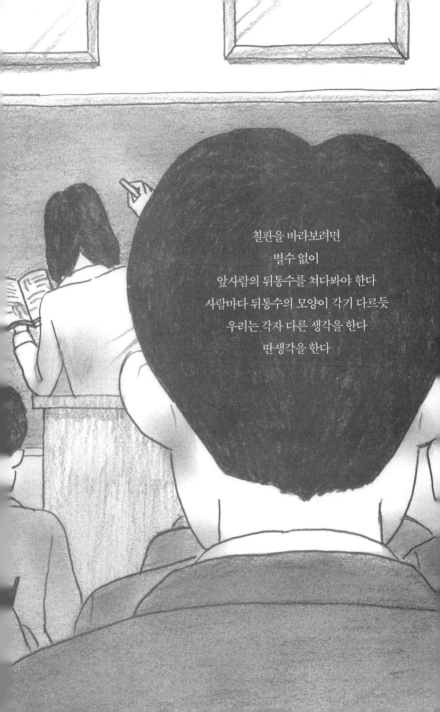

칠판을 바라보려면
별수 없이
앞사람의 뒤통수를 쳐다봐야 한다
사람마다 뒤통수의 모양이 각기 다르듯
우리는 각자 다른 생각을 한다
딴생각을 한다

물음은 점점 커다래져서
마음은 점점 쪼그라든다

<pre>
          쉬는 시간에 매점에
갈까                                      말까
          좋아하는 애한테
고백할까                                  말까
          용돈을 올려 달라고
말할까                                    말까
          학원 보충 수업에
참여할까                                  말까
</pre>

예와 아니요는
동전 던지기로 결정할 수 있는 것이 아니어서
우리는 주머니에 남은 마지막 동전처럼 간절해진다

수업이 한창인데
딴생각을 하다
문득 어제 읽다 만
책이 생각났다

책의 결말은 어떻게 될까
책을 다 읽으면 결말을 알 수 있겠지만
책을 아무리 읽어도
정작 우리는 책이 아니어서

앞으로 어떻게 될지 모른다
당장 내일 어떤 일이 벌어질지
다음 장에 무슨 풍경이 펼쳐질지
가늠할 수 없다

지금은 한곳에 있지만
똑같이 한곳만 바라볼 수 없다

따청을 피우면 안 된다

따마음을 가지면 안 된다

어른들은 말씀하시지만

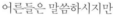

땀에는
땀이 우리를 꿈꾸게 한다고
우리를 각기 다른 사람으로 만들어 준다고

## 아, 하고

울고 싶은 날
나는 아, 하고
입을 벌려

아

아, 하고 나면
맛있는 것이
떠오르거든

파인애플이
잔뜩 올라간 피자,
간장으로
양념한 치킨,

들기름을 넣어 볶은
고사리나물 같은 거
불 맛이 나는 음식은
사양할게

너는 참 취향이 독특해

호불호가
강하다는 것은

나를 지키고 싶다는
말이기도 해

좋아하는 것을
곁에 두고 싶다는 말

싫어하는 것과
적극적으로
멀어지고 싶다는 말

너랑 매끼 같이 먹기는 힘들겠다

저런 말을 들으면
울고 싶어져

나는 아, 하고
입을 벌려

아른아른
안개가 피어올라
아름다워

아장아장
아기가 기어가
아, 귀여워

아무것도
안 해도 괜찮아
아프지 않아

아뿔싸!

아직 숙제를
안 했네

## 골똘

어제는 대설(大雪)이었습니다
대설에 눈이 많이 내리면
다음 해에는 어김없이 풍년이라는데

맑았습니다
따뜻했습니다

아빠는 눈이 많이 와도 걱정하고
눈이 오지 않아도 걱정했습니다

하늘을 올려다보다
가방을 멘 채 저쪽으로 멀어지는 나를
가만히 바라보셨습니다

내년 일은 알 수가 없어 아빠도 나도 늘 얼음판 위에 있었습니다

엄마는 공부를 많이 해도 걱정하고
공부를 하지 않아도 걱정했습니다

물소리가 나지 않게
설거지를 마치고
젖은 손으로 거실 형광등을 끄셨습니다

적당한 양을 가늠할 수 없어
엄마도 나도
늘 채우고 비우기를 거듭했습니다

한밤중에 비 내리는 소리가 들렸습니다
눈이 오기로 한 날,
비가 찾아왔습니다

저 길에 눈길을 주는 날이 많았습니다

이 길이 맞는 줄 알고 걸어왔는데 나도 모르게

내년에는 풍년이 들까요? 골똘히 생각에 잠기다
잠드는 날이 많았습니다

그런 날에는 어김없이 꿈길이 여러 갈래로
뻗어 있었습니다

## 흘리지 마라

밥을 흘리지 마라
땀만 흘려라

밥을 다 먹을 때까지는
웃음을 흘리지 마라

눈물을 흘리지 마라
피땀만 흘려라

성적표가 나올 때까지는
정보를 흘리지 마라

널 꾀는 친구의 말은
한 귀로 듣고 한 귀로 흘려라

내 말을 들어라
내 말을 흘리지 마라

섣불리 비밀을 흘리지 마라
차라리 거짓말을 흘려라

어른들이 있는 자리에서는
침을 흘리지 마라

어른들이 보는 자리에서는
글씨를 흘리지 마라

돌아오는 길에는 늘 뒤를 살폈다
나도 모르게 흘린 것이 없는지
흘리기도 전에 흘러 버린 것은 없는지

콧물이 말라 버린 인중처럼 허전해졌다

어딘가 마음을 흘렸는데
그것을 다시 주워 담을 마음은 없었다

마음을 흘린 곳으로
꿈이 흐르고 있는 것 같았다

땀인지 눈물인지 알 수 없는 것이
뻘뻘 흐르고 있어서
펑펑 흐르고 있어서

그쪽으로 자꾸만 기울어지고 있었다

# 나의 색

나는 빨간색을 좋아해. 어떤 빨강? 체리 껍질 같은 빨강. 그래서 너는 열정적이구나. 그러는 너는 어떤 색을 좋아해? 나는 보라색. 어떤 보라? 붓꽃 꽃잎 같은 보라. 그래서 너는 섬세하구나. 나중에 예술가가 될 수도 있겠다. 내가? 나는 예체능에 소질 없잖아. 지금은 붓꽃이 피기 전인 셈이지. 너는 그런 걸 믿니? 응, 나는 그런 걸 믿어. 미신이잖아. 미신이면 어때, 그럴듯하잖아. 너는 어떤 색을 좋아하니? 우리 돌아가면서 말하는 거야? 나는 노란색을 좋아해. 유치하다, 얘. 노란색이 뭐 어때서? 귀엽잖아, 사랑스럽잖아, 가만히 보고만 있어도 부풀어 오르잖아. 표현이 더 그럴듯한데? 나 말고 얘가 예술가가 될 것 같은데? 아니야, 노란색을 좋아하는 사람은 참을성이 부족하대. 붓꽃 보라를 좋아하는 네가 예술가가 될 거야. 근데 우리 엄마가 예술가들은 배고프다던데? 걱정마, 밥은 내가 사 줄게. 근데 밥은 매일매일 먹는 거잖아. 하루에 네 번 먹을 때도 있잖아. 다른 친구들을 또 사귀면 되지. 우리가 돌아가면서 너한테 밥을 사 주는 거야. 이 제안이야말로 가장 그럴듯하지 않니? 그나저나 점심시간이 되려면 한참 남았는데 우린 왜 벌써부터 밥 이야기를 하고 있을까. 한참 남았으니까 더 열심히 해야지, 그래야 1분이라도 빨리 오지.

참, 너는 무슨 색을 좋아해?

답을 해야 하는데 질문 위에 질문을 얹어 버렸다.
불현듯 오늘 새벽이 떠올랐다.
셔틀버스를 타기 위해 살금살금 집 밖으로 걸어 나오던 시간이.
동트기 전의 어스름한 색깔이.
어스름하지만 어둑하다기보다는 밝음에 가깝던 그 색깔이.

그 색이 나의 색이 되었을 때.
내가 그럴듯해졌을 때.

대답을 마치자 불이 켜졌다.

## 장래 희망

한문 시간에 사자성어를 배웠다
전진지망(前進之望)

앞으로 나아갈 희망이라고 했다
장래에 대한 희망이라고 했다

장래는 슬몃슬몃 다가오는 것이었다가
느닷없이 닥쳐오는 것이었다가
아직은 아니라고
불투명할 만큼 멀리 있다가
멀리 있어서 약속되거나 기대되기도 했다

희망은 보이는 것이었다가
순식간에 남아 있지 않게 되었다가
그래도 다시 품으면
풍선처럼 부풀어 오르다가
파도처럼 산산이 부서지기도 했다

## 전도유망(前途有望)

앞으로 잘될 희망이 있다고 하려는 찰나,

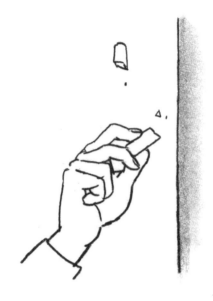

판서하던 선생님의 분필이
필기하던 내 샤프심이
동시에 툭 끊어졌다

가슴에 잠깐
물결이 쳤는데
빗금이 그어지는 소리가
분명히 들렸는데

장래는 아직 멀고
희망은 어딘가
있을 것 같아
아무렇지 않은 척

잠시 후를 향해
초침처럼
살금살금
걸어갔다

## 장마

어떤 날엔 학교에 가기 싫었다
학교 생각만 해도 이유 없이 눈물이 났다

무슨 일이야?
친구랑 싸웠어?
선생님한테 혼났어?

엄마의 말에 눈물이 봇물이 되었다
흐르던 것이 터지는 것이 되었다

아무 일도 없었다
아무 일도 없는데 눈물이 났다
아무 일도 없어서 눈물이 났다

아무 말이라도 좀 해 봐!

아무 소용이 없었다
아무 도움도 되지 않았다

며칠째 악몽을 꾸고 있어요
매일 밤 쏟아지고 있어요 퍼붓고 있어요
나뭇잎 한 장 위에 올라타
겨우겨우 버티고 있어요
휩쓸리기 일보 직전이에요

아무 상관도 없는 일들인데
마음이 자꾸 거기를 향해요
아무 무게도
실리지 않은 말들인데
마음이 자꾸 낮아져요

아무 소리도 할 수 없었다

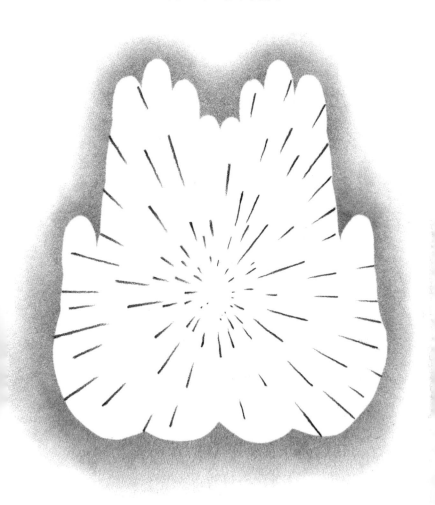

어떤 날엔 무슨 일이냐는 질문에
아무렴, 무수한 아무만 떠올랐다

노트가 젖어 있었다
운동화가 젖어 있었다
조간신문이 여태 젖어 있었다

그 아래
아무도 모를
마음이 잠겨 있었다
아무라도 붙들고 싶어
무음으로 발버둥 치고 있었다

## 하나는

짝꿍은
다 가진 것 같았다
공부도 잘하고
운동도 잘하고

국어책을 읽을 때
교실에 울려 퍼지는
목소리도 좋았다

뭐 도와줄 거 없어?
친절함이 몸에
배어 있었다

쉬는 시간 종이 울려도
결코 동요하지 않았다
어른스러웠다

가끔 표정이 어두워질 때가 있었다
별 하나 뜨지 않은 밤하늘처럼
파도 한 점 없는 밤바다처럼

골목에서는 늘
고개를 숙이고 다녔다
다 가진 것 같은 아이가
친절하고 어른스러운 아이가

짝꿍의 그림자가
더 길어지기 전에
전력 질주 했다

농구할까? 떡볶이 먹을까?
짝꿍은 말이 없었다
뭐 도와줄 거 없어?

짝꿍이 하던 말을 내가 하게 되다니
나도 모르게 웃음이 터졌다

밤하늘에 쏘아 올린 폭죽처럼
밤바다에 드리운 등대 불빛처럼

골목길이 환해졌다

넌 참 잘 웃는다
사람을 기분 좋아지게
만들어

나도
잘하는 게 있다
하나는
적어도 하나는

그리고 그것은
아주 중요하지

●

사람과 사람이 만나 긴 시간을 함께 보내야만 했다.

"사이좋게 지내."라는 말이 늘 꼭 붙어 다니라는 말은 아님을 깨닫는 시간이었다.

등잔 밑이 어두운 것처럼, 사이를 적당히 둬야 상대가 더욱 잘 보였다.

인간은 사이[間]가 있어야 완성된다는 것을 깨달았을 때,

나는 거울 앞에서 망설이고 있었다.

# 2부

# 봄 방학처럼
# 짧았다

## 언제 한번

언제 한번 영화 보자
언제 한번 놀러 가자
우리도 매일같이
쓰는 말이잖아

말이라도
하지 않으면 그 순간이
절대 안 올 것 같잖아
말이라도 해야 언젠가
찾아올 것 같잖아

매일같이 거짓말을 하는
아이가 자라
매일같이 거짓말을 하는
어른이 된다

끔찍하다

그럼 참말을
해야지!

우리, 언제
한번 밥 먹자

우리는 매일
같이 먹으니까?

문득 어른이 되는 일이
아득하게 느껴졌다

언제 한번 영화 보는 일처럼
언제 한번 놀러 가는 일처럼

다음 날 우리는
약속대로 함께 밥을 먹었다

언제 한번 살 수는 없으니까
지금 당장을 살아야 하니까

95

## 가능성

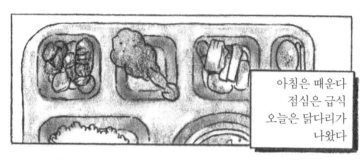

아침은 때운다
점심은 급식
오늘은 닭다리가
나왔다

닭다리만 만드는 공장이
있다는 소문을 들었어

정말?

응, 닭다리 뼈를 수거해서
거기에 살을 다시 붙인대

거짓말!

그렇지 않다면
우리가 어떻게 일주일에
한 번 닭다리를 먹을 수
있겠어? 설명이 돼?

•••

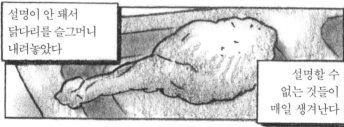

설명이 안 돼서
닭다리를 슬그머니
내려놓았다

설명할 수
없는 것들이
매일 생겨난다

저녁은 매점에서
컵라면을 먹었다
매일 먹어도 맛있는 게
있다니 그게 가능하다니

사소하지만
신기한 일들도
매일 있었다

일요일 저녁 때
시내 나가자

돈가스를 먹을 수도
치즈가 잔뜩 들어간
햄버거를 먹을 수도

시내에 나간다는 말
모르는 사람들과 길 위를
함께 걷는다는 말

달콤하고 새콤한
음료를 먹을 수도
있다는 말

나는 졸업하면 꼭
배낭여행을 갈 거야

어디로?

아직 안 정했어
배낭만 봐 두었어

어디든
갈 수 있겠지
나중이니까

어디든
갈 수 있다는 말

제주도도 거제도도 울릉도도
마음만 먹으면 러시아도
콜롬비아도 오스트리아도
갈 수 있다는 말

일요일 저녁은
매주 찾아온다

고등학교 졸업식은
한 번뿐이다

나중은 언제
찾아올지 모른다

지금은 아니라는 말
아직이라는 말

머릿속에서 한창
비행 중이던 닭날개를
내려놓았다
지금은 날 수가 없다

아니,
아직 날지 않는다

# 첫사랑

여름 방학처럼 내내 기다리다

겨울 방학처럼 몸이 굳었다

막 시작된 줄 알았는데

봄 방학처럼 짧았다

가을 방학처럼

아직 찾아오지 않았다

# 졸업

몇 달 안 남았다고, 친구가 말한다
뭐가?
......

친구는 뜸을 들이고
내 입술은 바짝바짝 탄다

졸업이……

당황한 나는
말줄임표처럼 눈을 깜박였다

졸업하면 좋지 않은가?
나는 자유로워진 나를 상상한다

친구가 갑자기 한숨을 내쉰다
길고 긴 한숨
한숨은 공중으로 흩어지지 않는다
아무도 모르는 데 가서
남몰래 고일 것이다

긴장이 풀릴 때까지
고민이 해결될 때까지
안도의 한숨으로 다시 태어날 때까지

자유로운 나는
무엇을 하고 있을까?

여행을
떠난 나

친구들과
소풍을 간 나

전시회장에서
포즈를 잡는 나

사랑하는 사람과
자전거를 타는 나

거기서 나의 상상은 딱 멈춘다
말줄임표도 없이

무엇을 더 할 수 있을지 모르겠다


여기가 아니라고 자유를 누릴 수 있는 것은 아니다
시간이 많다고 자유로워지는 것은 아니다

학교를 졸업했는데
또다시 학교로 가야 한다

전학 같았다

집에 오는 길에는 둘 다 말이 없었다
말줄임표 같은 발자국이
등 뒤에 묵묵히 찍혀 있었다

## 해피엔드

친구는 드라마를 좋아한다. 주인공이 꿈을 달성해서, 오해가 풀리고 갈등이 해소되어서, 내일부터는 왠지 좋은 일들만 일어날 것 같아서. 그러니까 결말이 행복해서.

나는 드라마가 별로야. 친구의 두 눈이 휘둥그레진다. 어떻게 그럴 수가 있냐는 듯이, 그런 것이 어떻게 가능하냐는 듯이. 친구는 지금 이 순간을 드라마의 한 장면으로 만들어 버린다.

책상 사이에 보이지 않는 네트가 세워졌다.
나는 공을 받고 넘겨야 한다.

막판에 모든 일이 물 흐르듯 해결되잖아. 실제로는 해결되지 않는 일들이 얼마나 많아. 나만 해도 그래. 고민이 많은데 해결된 게 없어. 하루하루 늘어나기만 한다고.

드라마는 주인공 위주로 돌아가잖아. 그것도 싫어. 내 삶의 주인공은 난데, 드라마의 주인공은 내가 아니잖아. 나는 지금까지 한 번도 주인공인 적이 없었어.

나도.

친구가 바로 대답했다.
공을 잘 넘긴 것 같다.

나는 도중에도 행복하고 싶어. 아침에 한 번, 점심에 한 번, 저녁에 두 번. 어제를 생각해도 오늘을 살아도 내일을 기다려도 조금은 설레고 싶어. 짧아진 봄에도 가을에도, 길어진 여름에도 겨울에도.

친구가 네트 너머로
고개를 쑥 내밀며 말했다

우리에겐 해피엔드(happy end)가 아니라
해피 앤드(happy and)가 필요하네.

공을 넘기고 받는 시간만큼은
우리는 분명 주인공이었다.

# 많이 들어도 좋은 말

많이 들어도
좋은 말에 대해 생각한다
들을수록 깊어지는
말에 대해

잘했어, 잘했어, 잘했어……
잘했다는 말이 반복되니 다음에도
잘해야 한다는 부담이 생겼다

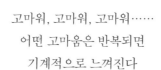

고마워, 고마워, 고마워……
어떤 고마움은 반복되면
기계적으로 느껴진다


행복해, 행복해, 행복해……
매일 행복하다는 주문을 걸다
정작 커다란 행복이 찾아왔을 때
당황하곤 한다

그리고 딱 한 번뿐이었어도 좋았을 말
미안해

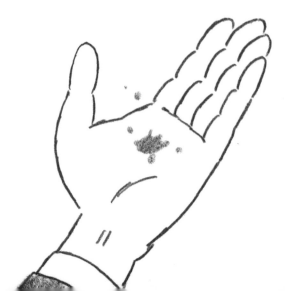

깊이는 횟수와 상관이 없구나
목말랐던 어떤 말을 들으면
마음의 우물이 저절로 깊어진다

# 힘내,라는 말

힘들 때
친구들이 말한다
힘내

어깨를 두드려
주기도 하고
등을 툭
치기도 하면서

힘이 쪼끔이라도 있을 때는
쪼끔이 쪼금이 되고
쪼금이 조끔이 되고
조끔이 조금이 되는
놀라운 말

힘이 없을 때는
남아 있던 힘마저
마지막 안간힘마저
죄다 빠져나가게 하는
아픈 말

힘내기 위해서도
힘이 필요하다
힘든데도
힘들여 힘을 내야 한다

생힘을 들여
어깨와 등을 쫙 펴야 한다

## 어쩌면

우리는 친구가 될 수 있을지도 몰라
가방은 달라도
가방에 든 책이 같으니까
페이지가 넘어갈 때마다
시시각각 변하는 꿈이 있으니까

주말에 함께 영화를 볼 수도 있겠지
떡볶이를 먹고 맛있다고 호들갑도 떨고
가까워지면
서로의 고민도 하나씩 털어놓겠지

주말에 뭐 해?
공중에 대고 밤새 연습했는데
말이 떨어지지 않네
고백을, 고민을 털어놓을 데가 없네

마른땅만 툭툭,

## 그리지 않아야 그려졌다

내가 쓰고자 했던 것
내가 말하고자 했던 것
그릴 수 없다

내가 그리고자 했던 것도
쓰거나 말할 수 없다
온전하게는

창밖에는 나무가 있고
마음만 먹으면
몇 분 뒤에 나도 나무 아래에 있

((

사각

사각

내가 ○○○ 남긴 것
내가 ○○○이라 했던 것
그림 ○ 있다

내가 그리려가 했던 것도
쓰거나 말할 수 없다
온전하게는

창밖에는 나무가 있고
마음만 먹으면
몇 분 뒤에 나도 나무 아래에 있을 수 있다

나뭇가지 사이로 들이치는 햇살을 맞으며
아, 행복하다
여기가 따뜻하구나
여기가 시원하구나
따뜻하면서 시원할 수 있구나
말할 수도 있다

사각

사각

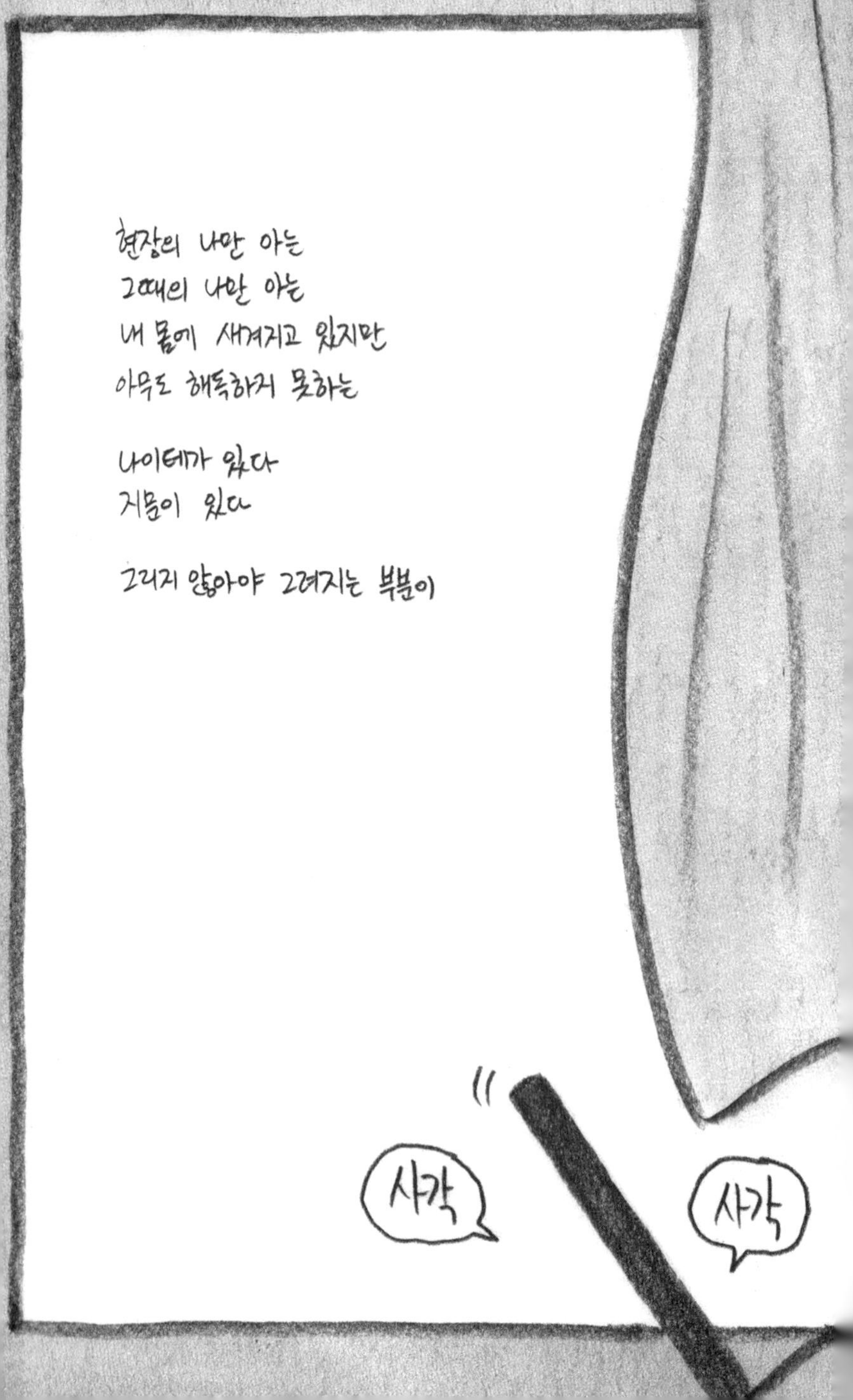

현장의 나만 아는
그때의 나만 아는
내 몸에 새겨지고 있지만
아무도 해독하지 못하는

나이테가 있다
지문이 있다

그리지 않아야 그려지는 부분이

사각

사각

그때는 ... 처럼
내 몸에 새겨지고 있지만
아무도 해독하지 못하는

나이테가 있다
지문이 있다

그리지 않아야 그려지는 부분이 있었다
안에 있어야 보이는 바깥 부분이 있었다

내뱉고 내면 사라지고 말까 봐
차마 말하지 못한 꿈이 있었다

나는 아직 창 안에 있다
창 안에 있기에

백지 위에 한가득
창밖을 상상할 수 있다

## 성장통

둔중한 것이 떨어지는 소리에 잠이 깼다
손끝에 떨림이 전해졌다
떨어지면, 어김없이 떨린다
공기 안에서
우리는 서로 연결되어 있다

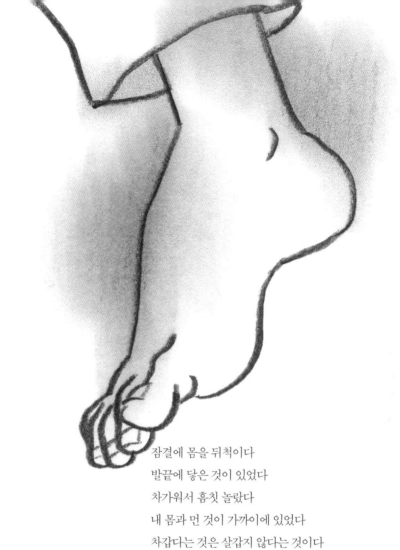

잠결에 몸을 뒤척이다
발끝에 닿은 것이 있었다
차가워서 흠칫 놀랐다
내 몸과 먼 것이 가까이에 있었다
차갑다는 것은 살갑지 않다는 것이다

떨리지 않게 차갑지 않게 뜨거운 물이 필요하다
샤워기에서 물이 콸콸 쏟아진다
뜨거운 물줄기 속에서 내가 선명해지고 있었다

내 손끝에 닿았던 물방울이
타일을 향해 날아갔다
내 발끝을 스쳤던 물꽃이
배수구로 빨려 들어갔다
타일에 물무늬가 새겨지기 시작한다

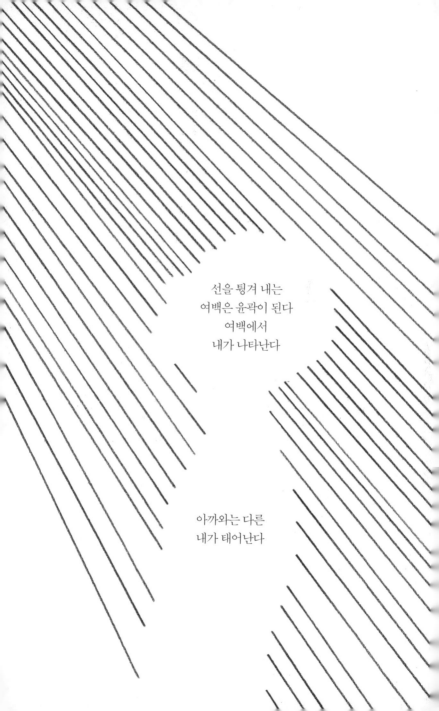

선을 튕겨 내는
여백은 윤곽이 된다
여백에서
내가 나타난다

아까와는 다른
내가 태어난다

시간표와 급식 메뉴 외에는 분명한 것이 없었다.

하늘을 올려다보는 일보다 고개 숙여 땅을 내려다보는 일이 편했다.

모르는 것이 이렇게나 많은데 어른이 될 수 있을까,

어른이 되어도 괜찮을까 걱정이 앞섰다.

몸집이 커져도 마음의 집은 그대로였다.

그 안을 들여다보지 않으면 나조차 나를 알 수 없었다.

3부

# 잘 봐,
# 떠오를
# 거야

## 어른이 되는 기분

한 달 사이에 키가 4센티미터나 자랐다
이런 식으로 1년이 흐르면
나는 농구 선수가 될지도 모른다

사방에서 질문들이 쏟아졌다
손 들고 큰 소리를 내야 고개 돌리던 사람들이
무슨 일인지
가만있는데도 나를 빤히 쳐다본다

하루아침에
어른이 된 것 같다

주목받는 게 어색해서
아무 말도 안 하고 웃기만 했다
실은,
맞기도 하고 틀리기도 해서

농구는
점심시간마다
30분씩

밥은　　　　　　하루 세끼　　　　　후다닥,

틈틈이　　　　　　간식을

반찬은
좋아하는 것만
싹싹 긁어서

영양제
대신

영양가
높은
상상을

지난 한 달,
나는 열심히 놀고
그보다 더 열심히 잤던 것 같은데

이걸 말하면
엄마한테 혼나겠지?

그나저나 농구를 해서
키가 자란다면

농구 선수들은
매일 조금씩 키가 자라고
있는 게 아닐까?

# 교실에 내리는 눈

교실에는 매일 생각이 내리고 생각이 쌓인다. 쉬는 시간이 되면 생각은 잠시 얼었다가 수업 시작종이 울리면 다시 녹기 시작한다. 생각은 눈송이였다가 또 다른 생각과 만나 눈덩이처럼 불어나기도 한다. "주말에 뭐 하지?"가 "매점에서 뭐 사 먹을까?"와 만난다. 주말이 30분 뒤와, 할 것이 먹을 것과 만난다.

생각만으로 밥을 먹고 나이를 먹는다. 어른이 되고 출근을 한다. 퇴근할 때는 치킨에 맥주를 한잔하기도 한다. 오랜만에 만난 친구와 옛날이야기를 하기도 한다. "교실에서 앉던 자리 기억나?" "나는 왜 세계사 시간마다 그렇게 잠이 쏟아졌는지 모르겠어. 세계 여행과 역사 기행을 꿈속에서 동시에 하는 기분이었지." 눈발이 날린다. 기억들이 쏟아진다.

방과 후 스케이트보드를 타는 나와 주말이면 사진을 찍는 네가 만난다. 쉬는 시간마다 노래를 흥얼대는 내가 피아노를 치며 사랑을 고백하는 10년 뒤의 나를 만난다. 거리로 나간 교실이 바다 위에 떠 있다. 내가 너를 만나는 것도, 내가 나를 만나는 것도 야무진 꿈이다. 교실에는 매일 생각이 내린다.

개중 어떤 생각은 자랄 때까지 녹지 않는다.

# 달 봐

친구야, 하늘 좀 봐
꿈을 가지라는 말은 아니지?
그냥 올려다봐 기분이 좋아져 꿈꾸는 기분이야

미세 먼지를 뚫고 달이 빛나고 있었다

뿌에서 앞을 내다보기 어려운 날들
그 외중에 빛나는 것이 있었다

친구가 불쑥 말했다
우리도 저런 사람이 되자

달 봐
잘 봐
내일도 달이 뜨겠지만
우리가 지금 이 자리에서 보는 달은 유일해

내일은 달 모양이 변할 테니까
조금 부풀어 오르거나
조금 움츠러들겠지

그래도 여전히 빛나겠지

우리의 걸음을 멈추게 한
우리의 숨을 잠시 멎게 한

달 봐
잘 봐
떠오를 거야

## 몰라서 좋아요

여보세요?
잘못 걸었습니다

모르는 목소리였다
모르면 몰라도

?

그는 내가 모르는
얼굴일 것이다

엄마가 아침에
낫토를 주었다

???

...

단백질이
풍부하다고 했다

모르는 맛이었다
모르고 싶은 맛이었다

등굣길
버스 정류장에서

매일 마주치는
아이가 있다

계절이 바뀌고
학년이 바뀌는 사이,

모르는
감정이 싹텄다

몰라서 설레고

몰라서 두렵고

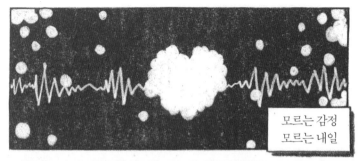

모르는 감정
모르는 내일

모르는
것투성이이지만

내가 모른다는
것만은 알아요

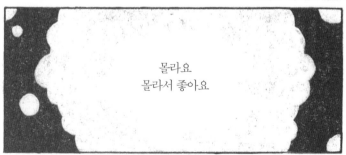

몰라요
몰라서 좋아요

## 아무의 일

아무도 내게 쓴소리를 하지 않았다
아무 일도 일어나지 않았다

나는 내가 궁금하다
내가 지금 잘 살고 있는지
10년 뒤의 나는 무엇을 하고 있을지

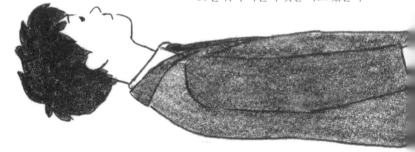

여전히 만화를 좋아할지
달고 매운 것만 생각하면 입안에 침이 고일지
꿈에 대한 확신이 있을지
꿈에 한 발짝 가까워져 있을지

하루가 멀다 하고
나는 나를 알고 싶다

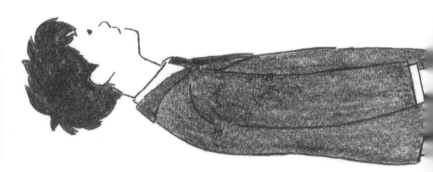

아무도 나를 궁금해하지 않아서
나는 오늘 나와 기꺼이 가까워진다

집에 있는 모든 조명을 끄고
이불을 뒤집어썼다
어떤 불도, 어떤 빛도 없는 곳에
자발적으로 기어 들어갔다

불빛이 없어도 비치는 것이 있었다
그것과 함께
그것 옆에서
나는 아무렇지 않게 잠들었다

아무도 내가 몇 시에 살고 있는지 모른다

다만 나와 가까워진 나는 안다
새 불과 함께
새 빛 옆에서

불빛을 껴안고

지금 여기에
아무쪼록 나는 있다

# 여느 날

어느 날
친구가 물었다

너도
외로울 때가
있어?

친구에게 나는
늘 밝은 아이였다

그럼,
거의 대부분의
시간이 외롭지

놀란 친구가
물었다

그럼
안 외로울 때만
사람을 만나는
거야?

나는 문득
외로워졌다

아니,
외로운 채로
만나는 거지

외로움은
해결되는 게
아니니까

온전히 외로운
채로 대답했다

여느 날이 된
어느 날,

손은 묵묵부담이었다

## 네가 떠나고

나는 한동안
후회하는 사람이었다

그 말을 해서
그 말을 하지 않아서

매일 아침 머리를 쥐어뜯으며
꺼이꺼이 목 놓아 우는 사람이었다

나는 이제 그리워하는 사람이 되었다

네가 없어도
이부자리를 정리하고
베개를 가만가만 쓰다듬는다
겨울에는 네가 좋아하는 누비이불을 꺼낸다

그렇게 나는

매일 밤, 이불을 덮어 주면서
과거의 자리에 미래를 포개는 사람이 되었다

매일 아침, 이불을 개면서
현재의 자리에 기억을 수놓는 사람이 되었다

나는 남은 사람이 되었다
남아서
그리워하는 사람이 되었다

## 자라는 이야기

친구가 자기 이야기를 들려주었다
외국에 가는 이야기
외딴곳에 집을 짓고
그 집에서 파티를 여는 이야기

떠났다가 머무는 이야기

조금 아는 사람과
모르는 사람이 만나
잘 아는 사람이 되고
서로에게 둘도 없는 사람이 되는 이야기

한 달에 한 번 파티를 여는 이야기
사람과 사람을 만나게 해 주는 이야기
사람과 사람이 사랑을 하고
사랑은 떠나지 않는 이야기

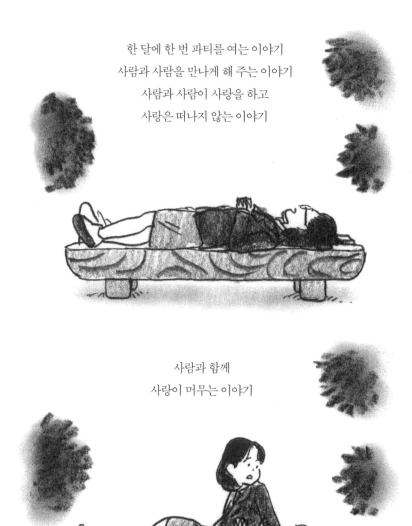

사람과 함께
사랑이 머무는 이야기

웃기만 잘해도 사랑받는 이야기
우는 사람의 주머니에서
손난로가 켜지는 이야기

나도 모르게 따뜻해지는 이야기

집 안의 샹들리에에서
매일매일 무지개가 쏟아지는 이야기
비 온 직후처럼 개운한 이야기
작든 크든, 무엇이 되었든
적어도 하나는 성공하는 이야기

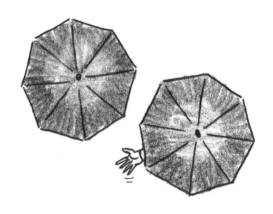

상상할 때마다
자라는 이야기
자라나는 이야기

자라서 내가 되는 이야기
자라도 내가 되는 이야기

## 취향의 발견

재 좀 봐
또 길에서 책 읽어

뒤에서 수군거리는 사람들
나는 고개를 들지 않는다
부끄러워서가 아니다
그들에게 관심이 없다

재라고 불러야 직성이 풀리는 아이들
우리는 서로를 재로 대한다
풀풀 날리는 그것
면전에 뿌리지만 않아도
다행인 그것

176

아이돌을 좋아하는 아이들
사랑을 탐하는 사람들
확고한 존재들

더는 누구도 책벌레라는 말을 쓰지 않는데
나는 책벌레가 되었다

그제야 비로소 재가 제가 된 것 같았다
나는 길 위에서도 책을 읽었다

좋아하는 것이
내게도 생겼고
좋아하는 것이 생기자
시간이 흘러가는 것이
이대로 흘러가 버리는 것이 아까웠다

머리를 질끈 묶고
안경을 올려 쓰고
책 속으로 스르르 빠져든다

주인공이 결심하는 그 순간,
나도 분명해지고 있었다

언젠가 나도 떠날 것이다

# 불면

내일이 막 시작되었는데
자야 한다니
이상했다
억울했다

맞아, 공부해야지!
이 말만은 끝끝내 나오지 않았다

●

아침에 눈뜰 때부터 괜히 기분 좋은 날이 있었다.

전날 밤부터 이상하게 몸이 무거운 날도 있었다.

어떤 날이든 몸을 일으켜야 했다. 한 발 한 발 어디론가 향해야만 했다.

실없는 소리를 한 날에도, 뜻밖의 일에 눈물을 흘린 날에도 나는 나였다.

나는 나에게 한 발 한 발 다가가고 있었다.

마음이 시킨 일이었다. 마음의 일이었다

# 4부

## 내내
## 나일
## 거야

# 그렇고 그런 날

그렇고 그런 날이었어
마치
그제처럼
중간고사 바로 전주(前週)처럼
유치원 가을 소풍처럼

할 일이 많아서 힘들면서도
할 일이 있어서 행복한

그런 날이면
나는 책을 타고 올라가
구름에 머리를 찧어도 아프지 않겠지

오늘이 빡빡하다고 말하면서
하늘을 향해 기지개를 켜기도 하면서

그렇고 그런 날은 또 있지
마치
어제처럼
지난주 토요일처럼
작년 여름 방학처럼

할 일이 적어서 심심하면서도
할 일이 없어서 다행인

그런 날이면
나는 책을 타고 내려가
내가 내려갈 수 있는 만큼
가장 힘들었던 때로
몹시 춥고 아팠던 시간으로

오늘이 참 소중하다고 말하면서
어푸어푸 세수를 하기도 하면서

다음 날이 왔다
어김없이
바람직하게
마치
새날처럼

그렇고 그런 날들
그러나 단 하루도 똑같지는 않았다

# 밤은 길고 깊어서

늦게까지 잠이 오지 않는 날이었어 멀뚱멀뚱 천장을 올려다보는데 바스락바스락하는 소리가 났어 내가 뒤척이던 소리일까? 비질을 하는 소린데, 무언가를 쓸어 낸다기보다 살살 달래 주는 소리 같았어 밤은 길고 깊어서 잠은 나중에 청해도 될 것 같았지 비질 소리가 책장 넘기는 소리처럼 들리기 시작했어 교과서나 참고서 말고 내가 읽고 싶은 책

그런데 그 책은 어떤 책일까? 아직 만나지 못한 건 분명해 이미 출간되었지만 발견하지 못한 책일지도 모르지 천장은 그대로인데 자꾸 책장이 넘어가 다음 페이지로, 다다음 페이지로, 그다음 페이지로…… 마음이 편안해지는 걸 보니 아무래도 안전한 이야기 같아 베개처럼 이불처럼 베고 덮을 수 있는, 베갯잇처럼 이불 홑청처럼 보들보들 느낌이 좋은

밤은 길고 깊어서 무언가를 깁기도 하고 무언가가 깃들기도 했지 내가 흡사 무늬가 된 것 같았지 어릴 때 베고 자면서 만난 거북이, 덮고 자면서 만난 풍선, 천장에서 밤새 반짝이던 별들…… 엉금엉금 두둥실 총총 같은 의태어와 친했던 시간 속으로 느릿느릿 기어 들어갔어 사락사락하는 소리가 들리기 시작하더니 이내

시원한 비가 쏟아지기 시작했어
밤은 길고 깊어서 나는 그 안에 순순히 깃들었지

## 아침의 마음

눈을 떠도
다 보이는 것은 아니다

세수를 해도
다 씻기는 것은 아니다

걷고 있다고 해도 꼭 어디론가
이동하는 것은 아니다

가만있다고 해도
법석이지 않는 것은 아니다

입을 다물고 있다고
할 말이 없는 것은 아니다

겉으로는 웃고 있지만
심장이 뛸 때마다

속에서는 눈물이
뚝뚝 떨어진다

발끝에 고인 눈물이
굳은살로 박이는 아침

바깥이 밝다고
안까지 찬란한 것은 아니다

## 홀가분한 마음

당장이라도 책을 펼쳐
밑줄을 긋고 귀퉁이를 접어야
하는 것이 아닐까?

주제를 찾고
중요한 문장을 암기해야 하는
것이 아닐까?

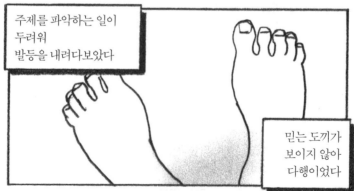

주제를 파악하는 일이
두려워
발등을 내려다보았다

믿는 도끼가
보이지 않아
다행이었다

195

초조한 나를
간파하는
아빠의 말

이 말은

배고프면
밥을 먹어야지

나

아프면 병원에
가야지

처럼

당연하게 들렸다

침대에
대자로 누웠다

거추장스러운 것과
멀어지고 싶어
베개를 끌어안은 채
눈을 감았다

열어 둔 창문 안으로
햇살과 바람과 새소리가
동시에 들어오고

나는 잠시 당연해진다

# 밑줄 긋는 마음

노트를 사면
가장 먼저 하는 일
이름을 적는 일

학교와 학년과
반과 번호는 그다음

시험에 나올 만한 것들을 적고
외우기 힘든 공식 옆에는
별표도 달아 둔다

rain과 rein처럼
헷갈리는 영단어를
나란히 쓴다

비와 고삐는
너무 멀다

모래와 모레가
서로를 모르는 것처럼

모래에 다가가는 상상

모래가 다가오는 상상

코가 간질간질하더니
기다렸다는 듯
재채기가 나온다

내 이름 밑에
밑줄 두 개를 긋는다

빗줄기처럼 한 번,
고삐처럼 또 한 번

나는 그 누구와도
대체될 수 없으니까

모래와 모레처럼
닮은 듯 보여도
전혀 다른 존재이니까

그런 이름들이
교실 안에 줄지어 있다

각자의 노트를 안고
각자의 펜을 들고

밑줄 그을 순간을
기다리는 손끝

## 내일은 수요일

내일은 수요일
체육 시간이 있다

농구도 축구도 못해서
여름이어서
가만있어도 땀이 줄줄 흘러서
하굣길에 벌써 울적하다

국어 시간에도
영어 시간에도
수학 시간에도
나는 만화를 그리고 싶다

눈치껏 몰래 그리기도 한다

그리고 체육 시간에도
손이 근질근질하다
공을 던지는 손이 아니라
펜을 쥐는 손이

눈치를 보기에 운동장은 너무 넓다

화요일에도 수요일에도
여름 방학에도 크리스마스에도
나는 만화를 그리고 싶은데
어떤 장면에서 다음 장면으로 넘어가고 싶은데
마냥 흥미진진하고 싶은데

쉬는 시간 종이 울리고
아이들이 체육복으로 갈아입기 시작한다

나는 갑자기 아픈 것 같다

다음 장면은 운동장일 것이다
말풍선은 오늘 떠오르지 못할 것이다

205

## 슬픔과 슬픔 사이에

함께 살던 고양이가
죽었다

반려동물이었는데
한 가족이었는데
식구였는데

우리 집에서 애교가
가장 많은 아이였는데

나이를 먹어도
아이였는데

슬픔과
슬픔 사이에

슬픔이 있었다

슬픔을
징검돌 삼아

이 슬픔에서
저 슬픔으로
건너갔다

돌이 자꾸만 흔들려서
얼른 넘어가지 않으면
안 되었다

슬픔을 건너오고 나니
그것이 보인다

점점 생생해진다

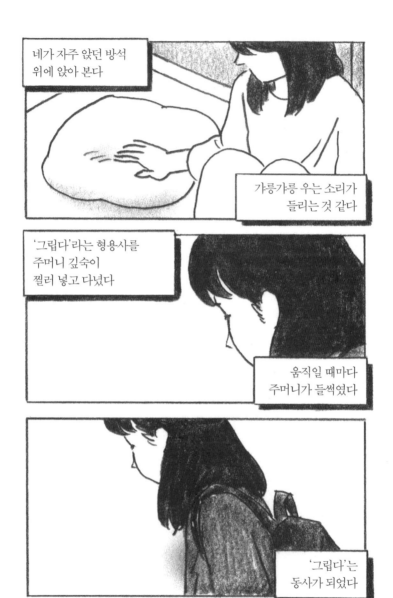

네가 자주 앉던 방석
위에 앉아 본다

갸릉갸릉 우는 소리가
들리는 것 같다

'그립다'라는 형용사를
주머니 깊숙이
찔러 넣고 다녔다

움직일 때마다
주머니가 들썩였다

'그립다'는
동사가 되었다

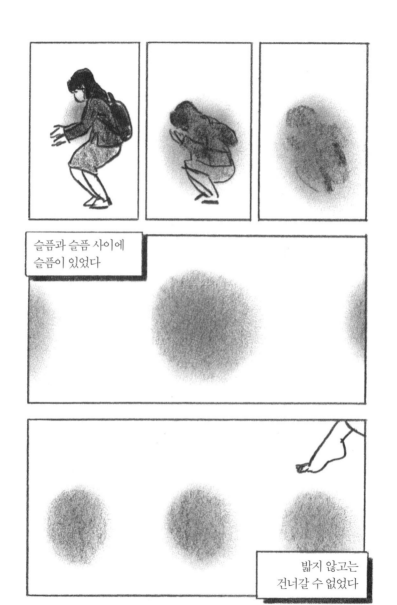

슬픔과 슬픔 사이에
슬픔이 있었다

밟지 않고는
건너갈 수 없었다

# 삼킨 말들

# 1번

늘 명찰을 달고 있었지만
때때로 우리는 번호로 불렸다

오늘 당번
누구지?

15번이랑
16번

이틀 뒤에는
또 나네

그래도 너는
승진한 거지

무슨
말이야?

키순으로 할
때는 10번 안짝
이었잖아

번호가 가나다순으로 바뀌고
1학년 때 3번이었던 나는
일약 19번이 되었다
키는 1센티미터밖에
자라지 않았다

오늘
며칠이지?

17일요!

19번
일어나

선생님, 오늘은
17일이라고요!

삶에는 늘
변수가 있단다!

가장 먼저 시작했지만

가장 마지막에
끝나는 일도 있지

네 차례인데 다른 사람이
비집고 들어올 수도 있지

1차 면접

이름은 변하지 않지만
번호는 변한다

이진수

살면서 나는 앞으로
얼마나 많은
숫자를 갖게 될까

그것들은 나를
어떻게 드러낼까
어떻게 증명할까

번호가 변해도
내 삶에서 나는
내내 1번일 것이다

## 나는 오늘

나는 오늘 피곤해

마음을 삐뚤게 먹었지

나는 오늘 일어나

습관처럼 아침을 먹었지

아무것도 하지 않을 거야

피곤해도
학교는 가야겠지

오늘은 어디에 가 볼까

마음만 먹으면
어디든 갈 수 있겠지

시침처럼
느리게 움직일래

순간을 흘려보내는 마음

초침처럼
경쾌하게 달려갈래

순간 속으로
들어가는 기분

| 흔적을 지우거나 치우며 | 나는 자꾸 작아져 |
|---|---|
|  |  |
|  | |
| 사연을 만들거나 쌓으며 | 몸에 마음이 붙어,<br>마음에 살이 붙어 |

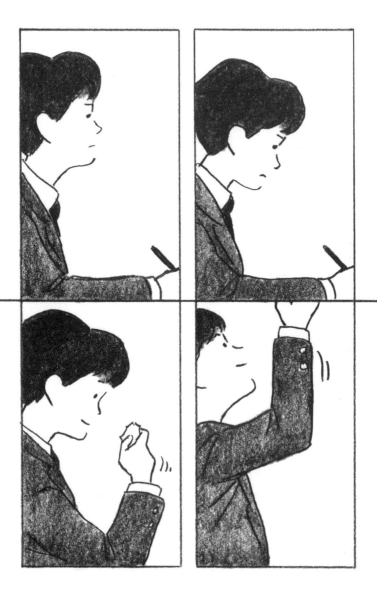

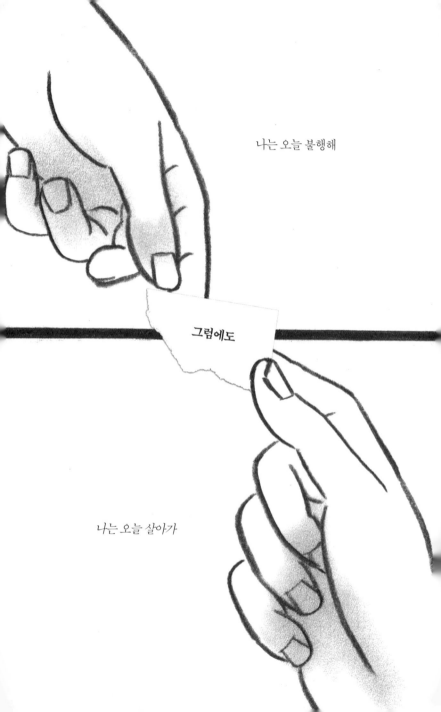

나는 오늘 불행해

그럼에도

나는 오늘 살아가

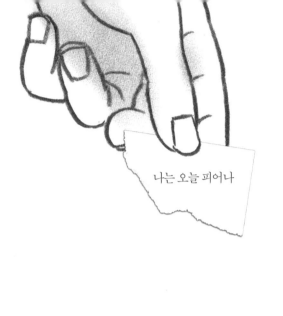

나는 오늘 피어나

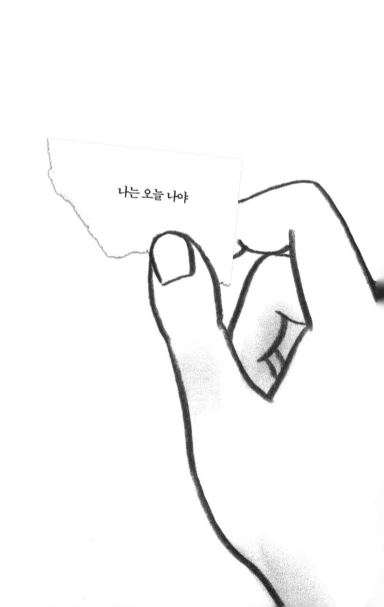
나는 오늘 나야

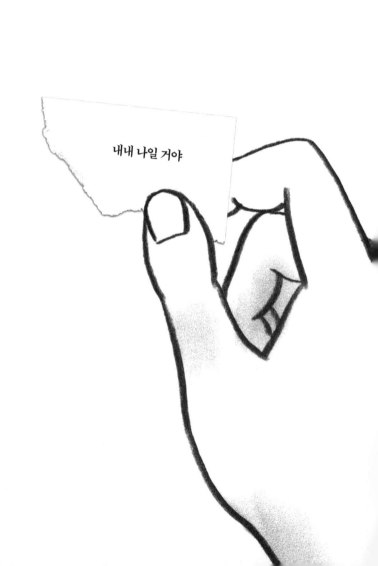

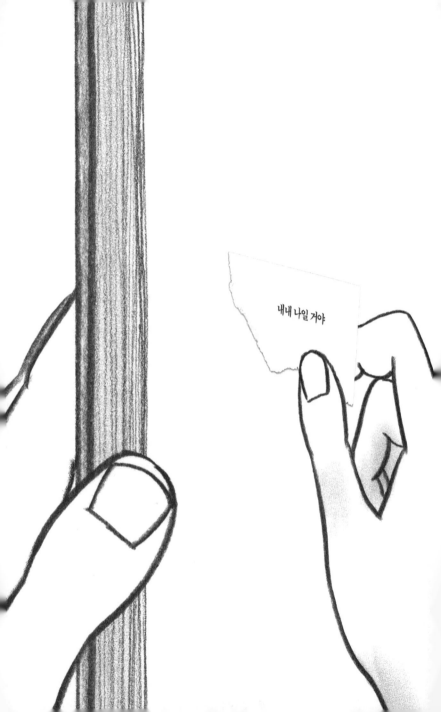

# 재수의 마음

처음에는 시집에 작은 삽화를 듬성듬성 넣는 일이라고 가볍게 생각
했다. 그런데 생각할수록 이 책은 내가 지금껏 해 보지 못한 새로운 작
업이 될 것 같다는 강한 예감이 들었다. 만화책도 아닌 그림책이라고 하
기에도 좀 애매한, 오로지 시를 내가 이해한 대로, 나만의 그림으로 독
자에게 잘 전달하는 것에 집중한 책. 그 책은 분류가 애매한 책이 될 것
이 분명했다. 바로 그 지점에 나는 강하게 이끌렸다.

그 책을 만든 사람이 되고 싶다.

욕심이자 목표가 생기니 기합이 들어갔다. 한 편도 빠짐없이 각각의
시마다 그에 어울리는 그림을 내가 가장 잘하는 방식으로 그려야겠다
고 마음먹었다. 이 모든 생각의 전개가 이 책의 기획이 되었다. 고생길
을 혼자 야무지게 설계한 셈인데, 재미있을 것 같아서 밀고 나가 보기로
했다.

시에 어울리는 그림을 형식에 구애 없이 자유롭게 그리고 싶었지만
자칫 잘못하면 너무 산만해져서 가독성이 떨어질 것이 뻔했다. 전체적
인 통일감을 주고 싶어서 재료는 연필로 통일했고, 판형을 먼저 정해 두
고 그에 맞춰 시와 그림이 잘 읽히도록 배치했다. 펼쳐진 페이지 안에서
는 시의 배치 역시 중요한 부분이기에 전체 구성을 독단적으로 진행했

다. 출판사 관계자 분들께서 이 모든 부분을 배려해 주셨기에 가능한 작업이었다.

작업 내내 시의 의미와 크게 어긋나지 않는 그림을 그리려고 했다. 그림이 흥미를 이끌어 낼 수 있게, 독자가 시와 가까워질 수 있게 애썼다. 무엇보다 시가 잘 읽히고 잘 느껴졌으면 하는 마음으로 작업에 임했다.

사실 이 작업은 친구와의 오래된 약속을 지키려고 시작한 일이었다. 동시에 나에게는 새로운 방식의 작업, 큰 도전을 할 수 있는 기회이기도 했다. 친구의 시에 흠뻑 빠져 그 의미를 헤아리며 그림을 고민했던 1년 남짓의 시간은 어쩌면 친구의 마음에 다가가려고 애썼던 시간이 아닐까 생각해 본다. 마음의 일이라서, 마음의 일로 가능했던 시간이 오롯이 책으로 남게 되었다. 감사하고 다행한 일이다.

# 오은의 마음

재수와는 동갑내기 친구다. 처음에 어떻게 친해지게 되었는지 정확히 기억나지 않지만, 한 가지는 분명하다. 내가 먼저 다가갔다는 것. 제자리에서 조용히 반짝거리는 별에게 손을 내밀었다는 것. 별이 꿈틀거릴 때 뭔가 거대한 빛살이 쏟아졌다는 것. (재수가 민머리여서 쓴 표현이 결코 아니다!) 나는 별 주위를 서성이며 자연스럽게 빛무리가 되고 싶었다. 친구는 '가깝게 오래 사귄 사람'이란 뜻인데, 친구라고 칭하기에는 거리와 시간 모두 한참 모자란 상황이었다. 어느 날, 그것을 단숨에 만회할 수 있는 방법이 떠올랐다.

함께 책을 내는 것.

때마침 출판사의 제안으로 이 시간이 생각보다 앞당겨졌다. 함께 책을 냈으면 좋겠다고 '넌지시' 말하긴 했지만(당시에 재수는 '노골적'이라고 생각했을지도 모르겠다), 막상 시와 그림이 어떻게 어우러질 수 있을지, 한 명의 주인공을 상정하고 써 내려가야 할지, 한 편 한 편을 머리 맞대고 상의하면서 진행해야 할지 걱정이 앞섰다.

그때부터였을 것이다. 우리는 각자의 자리에서 둘 다 '마음의 일'을 하고 있었다. 다른 일 때문에 정신없이 바쁘다가도 그림 시집을 생각하면서 잠시 호흡을 가다듬고 하늘을 올려다보기도 했을 것이다. 가만있어도 법석이는 마음처럼, 시종 움직이고 있었을 것이다. 각자의 방에서 혼자 쓰고 혼자 그렸지만, 상대를 떠올리는 마음은 점점 애틋해졌을 것이다. 서로 일체의 간섭을 하지 않았지만, 이는 무관심이 아니라 상대를 오롯이 믿기에 가능한 마음이었다. 상대에 대한 존중과 배려가 이 책을 가능하게 한 셈이다.

성격도, 취향도 다른 우리가 친구가 될 수 있었던 가장 큰 이유는 글 쓰고 그림 그리는 사람으로서 태도가 닮아 있어서인 듯싶다. 잊지 않기 위해 일상을 기록하는 것, 예사로운 장면조차 쉬 지나치지 못하는 것, 생활 속 한국어의 묘미를 발견할 때마다 환호하는 것 등 우리는 아주 잘 통하는 데가 있었다. 모르면 몰라도 재수의 그림과 나의 시는 길 위를 오가다 여러 번 마주쳤을 것이다. 마치 같은 하늘에 떠 있는 두 별이 한곳을 향해 빛나는 것처럼.

재수의 그림을 보고 웃는 순간이 많았다. 재수 특유의 기발한 발상이 페이지마다 새싹처럼 돋아나 있기 때문이다. 그는 그림으로 시를 재해석한 것이 아니라, 그리는 방식으로 시를 다시 썼다. 그의 그림은 시의 의도를 더욱 선명하게 전달하기도 하고 시가 해석될 가능성을 더욱 풍부하게 만들어 주기도 했다. 저 자신도 몰랐던 매력을 발산한 시도 있었다. 재수는 점 하나를 찍을 때도 신중했을 것이고 선 하나도 허투루 긋지 않았을 것이다.

이 책은 별자리 같은 책이다. 1년 내내 볼 수 있는 별자리도 있고 특정 시기에만 볼 수 있는 별자리도 있다. 청소년기는 특정 시기이지만, 그때의 고민은 성장한다고 저절로 해결되는 것이 아니다. 우리는 이 별자리에서 저 별자리로 옮겨 가면서 마음의 일을 계속해야만 한다. 마음과 마음이 어떻게 만나고 헤어질지, 어떻게 통하고 어긋날지 아무도 모른다. 마음 때문에 힘들고 마음 덕분에 힘 나는 일 속에서 우리는 자랄 것이다. 몸이 다 자란 이후에도 마음은 더 자랄 수 있으니까.

재수와 따로 또 함께한 지난 1년은 마음의 용적이 커지던 시간이었다. 마음이 부풀어 오를 수 있다는 것, 마음과 마음이 만나 한마음이 된다는 것, 마음 위에 마음이 포개지면 큰마음이 된다는 것을 몸소 익히던 시간이었다.

이 책의 출간으로 우리는 마침내 친구가 된 것 같다.

# 마음의 일

재수 X 오은 그림 시집

초판 1쇄 발행 • 2020년 12월 14일
초판 7쇄 발행 • 2024년 8월 29일

지은이 • 재수 오은
펴낸이 • 김종곤
편집 • 서영희
펴낸곳 • (주)창비교육
등록 • 2014년 6월 20일 제2014-000183호
주소 • 04004 서울특별시 마포구 월드컵로12길 7
전화 • 1833-7247
팩스 • 영업 070-4838-4938 / 편집 02-6949-0953
홈페이지 • www.changbiedu.com
전자우편 • contents@changbi.com

ISBN 979-11-6570-036-2  03810

* 이 책은 한국만화영상진흥원 2020 다양성 만화 제작 지원 사업의
  선정작으로 지원을 받아 제작되었습니다.